관리소장

**이명우**

경상북도 영양에서 태어났다.

2016년 『국제신문』 신춘문예를 통해 시인으로 등단했다.

시집 『달동네 아코디언』 『관리소장』을 썼다.

파란시선 0156 **관리소장**

**1판 1쇄 펴낸날** 2025년 2월 20일
**지은이** 이명우
**인쇄인** (주)두경 정지오
**디자인** 이다경
**펴낸이** 채상우
**펴낸곳** (주)함께하는출판그룹파란
**등록번호** 제2015-000068호
**등록일자** 2015년 9월 15일
**주소** (10387) 경기도 고양시 일산서구 중앙로 1455 대우시티프라자 B1 202-1호
**전화** 031-919-4288
**팩스** 031-919-4287
**모바일팩스** 0504-441-3439
**이메일** bookparan2015@hanmail.net

ISBN 979-11-91897-99-9 03810

값 12,000원

# 관리소장

이명우 시집

시인의 말


관념이 빠져나갔던 몸에서 새싹이 하나씩 자라고 있다.
그렇게 시를 쓰는 내 모습이 낯설다.

차례


시인의 말

제1부

## 하루가 백내장에 들 때

모처럼 근무시간에 산책을 나왔다.
하늘은 구름 한 점 없는데, 내 눈에 낀 구름은 지워지지
않는다.

그런데 하늘을 바라보고 있으면 나는 왜 불안할까.

길가에 이파리들은 푸르고 싱싱하다.
길 건너편 안경원 유리가 유난히 맑다.
자동차들이 도로를 가득 메우고
우뚝 선 건물은 오늘따라 투명하게 다가온다.

이 도시의 풍경은 정년퇴직이 있을까.

나는 공원을 걷다가
맑은 햇살 아래 불투명한 내 미래를 점치다가
잠시 머뭇거리다가
의자에 앉아 눈을 감는다.
새까만 내일이 몰려오고 있다.

정년퇴직한 친구들은 어떻게 보내고 있을까.

아내의 잔소리가 비명처럼 들릴까.
집 안 청소해라. 설거지해라. 점심은 나가서 먹어라.

나는 알고 있다.
내 귀는 뻥 뚫려 그 말들 다 들린다.

관내 소장들 모임에 갔다가 사십 대 관리소장이 뇌출혈로 쓰러져 중환자실에 있다는 말을 들었다. 이 도시는 자기가 사는 도시가 아닌 것 같다고 말한 것이 엊그제 같은데, 그 친구 암으로 죽었다고 한다. 티브이에서 신문에서 모든 관리소장에 대해 좋지 않은 뉴스만 들려온다.

우울하고 자질구레한 생각들에 감겨 있을 때 눈은 더 침침하다.
나의 앞날에 대해 나에게 설명하라면 어떻게 해야 할까.

쥐꼬리만 한 국민연금에 기대 이 도시에서
최소한의 생활비로 생활할 수 있겠느냐고
누가 묻는다면 나는 어떻게 답해야 할까.
생각이 짐승처럼 으르렁거린다.

머지않은 미래에 이 건물 앞을 지나며
내가 피와 땀으로 관리했던 건물이라고,
이곳이 내가 사랑하는 거리라고,
아니 아니 저 건물은 누군가가 화장실에 똥을 발라 놓고
도망간 건물이라고
이야기할 수 있을까.


이런 에피소드를 아내가 안다면 아내는 어떤 반응을 할까.
자신도 매일 신경안정제 먹으며 직장에 다녔다고 쏘아붙
일까.
수고했다고 내 등허리를 와락 껴안아 줄까.


나무 그림자들이 하루를 내려놓고 있는
어느 공원에서

# 지출명세서

一

지출은 돈으로만 하는 것은 아니다.
오늘치의 말의 지출이 끝나면 퇴근을 한다.
오늘을 지출하는 재미가 쏠쏠했다.

매주 월요일 회의 시간에는 같은 말을 되풀이한다.
화장실 청소가 잘되지 않았어요.
직원들과 유기적인 협력이 이루어지지 않고 있어요.
직원들이 매너리즘에 빠져 있어요.

그것이 오늘의 지시 사항이 된다.
작년의 지시 사항과 올해의 지시 사항이 똑같다.
365일을 되감으면 내일의 할 일이 나온다.

내뱉은 말이 거절당하면 가난할 때도 있다.
내 급여는 작년과 똑같다.
5%의 인상안을 올렸다가 거절당한 적이 있다.

작년도 급여와 지금의 급여가 똑같아서 좋다?
그 급여 항목을 보고 오케이 사인을 한다.

一

이제 신문을 보면 제목만 읽어도 무슨 뜻인 줄 알게 되었다.
말하지 않아서 좋다.

오늘이나 작년이나 그날이 그날이어서 좋다.
똑같은 일을 하고 똑같이 밥을 먹는 동안 머리카락이 반백이 되었다.

또 변한 것이 있다면 날씨다.
시간당 100밀리 비가 쏟아진다는 것이다.

비바람이 우산을 뚫고 들어오면 내 마음도 끝없이 펄럭인다.
빗줄기가 파도치는 거리에는 가로등 하나가 나를 인도하고 있다.
말을 하지 않을수록 왜 나는 배가 고픈가.

날은 날마다 저물고
내가 잠자는 동안 시간은 밤새도록 어둠을 벗긴다.
나를 감출 곳은 어디에도 없다.

# 각자 나이를 먹지 않는다

중앙박물관에 있는 왕은 오백 년 동안 밥을 먹지 않는다.
천 년 동안 술도 먹지 않는다.
오천 년 동안 수저도 사용하지 않는다.
가야에서 조선에 이르기까지 왕의 그릇들은 식욕이 없다.

화병은 몇 백 년 동안 꽃을 기다리고 책은 이곳에 진열된
날부터 책장을 넘기지 않는다. 학이 날개를 펴지 않고 새
들이 찾지 않는 소나무에는 햇볕이 들지 않는다. 물고기가
진열장에 걸려 있어도 어부는 없다. 불가마에는 장작이 없
고 고려로 가도 경주로 가도 그때 그들은 없다. 금귀걸이
만 있고 여인은 없다. 왕만 있고 신하는 없다. 빗살무늬토
기에는 도토리가 없다. 돌칼이 있고 짐승이 없다. 돌화덕에
는 불이 없다. 사냥꾼은 없고 노루만 있다.

없는 것과 있는 것이 함께 웅장하고 화려한 이곳,
황금 사리를 걸친 청동 반가사유상은 왜 수천 년 앉아 있
어도 배가 고프지 않을까.

길고 붉은 길을 걸어 고려로 들어선다.

진열된 갑옷에 칼자국이 보이는 듯하다. 보이지 않는 적군의 붉은 피가 삼천 년 동안 마르고 있다. 적장을 물리친 투구가 적군을 물리친 발이 수천 년 침묵하고 있다.

벽란도에 들어선다.

항해무늬청동거울이 물 위로 나오고 물고기들이 바다로 들어오고 있다.

명나라가 고려인들에게 발급해 준 통행증이 유리 케이스에 누워 있다. 배들이 예산강 하구로 몰려오고 장사꾼들이 봇짐을 지고 나르는 장면이 스크린으로 지나가고 있다.

주인 잃은 신발과 체온 잃은 장갑과 임금 잃은 왕관이 조용히 살고 있다. 갑옷만 살아 박물관을 지키고 있다.

박물관 속, 그들은 각자 제자리에서
가야를, 신라를, 고려를, 조선을 지키느라
나이를 먹지 않는다.

# 혼술

소주병은
술을 비울 줄도 담을 줄도 모르지만
누군가를 위해 늘 대기하고 있다.

그는 오늘도 혼자 술을 마신다.
늘어나는 빈 병만 그의 곁을 지키고 있다.

그가 그런 것처럼 빈 병은 지금 목적지가 없다.
겨울바람이 문틈을 뚫고 들어오고 있다.

오가는 술잔에
그의 속에서 갈등이 끓어오른다.

직장을 그만두는 것도
술병을 비우는 것과 같을까.

집에 술이 있을 때
아내는 그가 나가려고 해도 보내 주지 않았다.

그것이 직장 아닐까.

그는 중얼거린다.

정리해고 당하는 사람
직장을 그만두고 싶어도 그만두지 못하는 사람
직장을 구하지 못하는 사람
중에 그가 서성거리고 있다.

어디로 가야 하나?

세상은
술병 속 같은 이유가 있는 것이다.

# 직업

—

종량제 봉투의 생이란
배가 부를 때까지 긴긴 기다림의 연속이다.


그는 누구에게도 잘 보이지 않을 구석에 쪼그려 앉아 있다.
그는 온통 입뿐인 속을 훤히 벌리고
쓰레기들을 먹어 치운다.


덥석덥석 받아먹던 그는 때론 너무 많이 먹어서
옆구리가 터지고
배가 터지기도 한다.


그러나 그는 어떤 반항도 하지 않는다.


그의 일과는 종일 쓸모없는 것들을 먹는 것이다.
그의 입에 한번 들어간 것들은 대부분 다시 나오지 않는다.
가끔 옆구리가 터져서 흘러나오는 것들은 있지만
그것은 일부에 지나지 않는다.


인간에게 슬픈 일이 있거나 말거나
그것은 그가 관계할 일이 아니다.

그는 다만 입만 갖고 태어났으므로
해서 얼굴이 없으므로
이면도 체면도 없다.

덥석덥석
받아먹다가 봉지째 버려지는 것
그 장렬한 한 봉지의 죽음이 되는 것이
그의 직업이다.

# 블랙홀

―

금요일 오후 여섯 시쯤이면 왕십리역 근처 그 곱창집은
줄을 선 사람의 꼬리가 길다.

바람이 불어도 눈비가 와도 맛집 풍경은 변함없다.

기다리던 음식이 나오면
저마다 핸드폰을 꺼내서 사진을 찍는다.

그리고 사람들은 김이 모락모락 피어오르는 곱창을 먹는다.

소의 곱창이 배 속으로 사라지기 전
마지막 모습을 남겨 놓으려는 것일까.

테이블마다 사람들의 시선이 소 곱창으로 몰린다.

사랑으로 찰칵
배고픔으로 찰칵
기다림으로 찰칵
일과에 지친 마음이 찰칵

―

저마다 찰칵거리며
"맛있겠다."
감탄사를 내뱉는다.

김이 무럭무럭 나는 불판 속에 곱창이 찰칵 정지된다.
젓가락에 집힌 곱창 한 점이 찰칵 정지된다.
입으로 막 들어가는 곱창이 찰칵 정지된다.

맛집은 뜨거운 풍경이 찰칵거리며
폰으로 들어가고 있다.

# 공간 놀이

눈이 채 녹지 않았는데 봄이 찾아온다.
이 거리는 왠지 내가 걷던 거리가 아닌 것 같다.
어제가 그제 같고 그제가 오늘 같은 날의
풍경이 낯설다.

가을이 오지 않았는데
겨울 숲속에 갇힌 나무 한 그루를 바라본다.

의사가 순리에 적응하는 것이 도리라고 나에게 설명한다.
그렇게 얘기한 의사는 나를 열심히 진찰한다.
그는 완벽하게 주름을 지을 수 있다고 말한다.
너무 발달한 의술이 무섭다고 나는 말한다.
의사가 웃는다.

나뭇잎이 떨어지고 사라진다는 것이
직유인가 환유인가.

죽으면 생각은 어디로 갈까.
생각은 직유일까 환유일까.

이 순간에도 어딘가에서 누군가 태어날까.
생각하다가 저절로 웃음이 터진다.

순리를 찾던 생각이 뇌사 상태에 빠진다.
생각의 주름살이 펴지고 있다.

# 풀린 상자들

―

자신이 간직하거나 누군가한테 선물을 받거나
그 물품을 꺼내 놓을 때 그 상자는
즐거움이다.

새로 산 프린트를 꺼낸다.

내용물이 빠져나가는 소리에 놀란 입이
그대로 멈춰 있다.

뒤집힌 상자를 바라보면
경주에서 발견된 사각 무덤처럼
몇 천 년 동안 제자리를 지키고 있을 것 같다.

입이 열린 상자 하나가 방 안을 차지하고 있다.
빠져나온 자리는 누구도 채워 주지 않는다.

한번 뜨면 감을 줄 모르는 눈이
한번 벌리면 다물 줄 모르는 입이
거기 있다.

―

속이 텅 빈 채
시간은 멈춤을 모른다.

감을 줄 모르는 눈의
긴긴 이야기는 멈추지 않는다.

고요를 끈질기게 당기고 있는 저 놀이가
뜨겁다.

여기저기 먼지에 갇힌 입들이
풀릴 날만 기다리고 있다.

# 욕설의 한 연구

일기예보에 태풍이 오늘 한반도를 관통한다고 한다.
아침부터 푹푹 찐 날씨에 사람의 감정도 오르내린다.

욕설도 길을 따라 찾아오는 것일까.

그것은 때로 느닷없는 손님처럼 온다.
약속을 지키지 않는 그것은
전화로 윽박지르다가 제 분을 못 이길 때 온다.
태풍처럼 집단으로 오는 것들은
무섭다.

입점자인 그는 다짜고짜 관리소장은 어디 있느냐고 경리한테 묻는다.
나는 얼른 문을 열고 입점자를 맞이한다.
흥분한 입점자는
"내가 더 오래 근무하는지 네가 더 오래 근무하는지 어디두고 보자."
하면서
"★⌖✗⌕⌗♨#●♨♬⌀∞ □□₩◃☛◐†↓✗"

입에 담지 못할 욕설을 퍼붓고 간다.

욕설이 제집을 찾아온 것일까.

욕설을 넙죽넙죽 받아들인 몸이 정신없이 나의 목을 조른다.


욕설을 먹은 몸은 자꾸 욕설을 낳는다.

밤새 태어난 욕설들이 서로 치고받는다.


아침에 깨어 보니

욕설이 커다랗게 집을 지어 놓고 나를 기다리고 있다.

채찍을 들고


그들이 휘두르는 채찍을 피해 나는 이리 뛰고 저리 뛴다.

문득 욕설이 한눈을 판다.

내 몸이 급히 공손해진다.


문밖에 그들이 또 나를 찾는 소리 들린다.

# 누가 겨울 강에 지붕을 씌워 놓았나

겨울이 물을 허물고 지붕을 씌워 놓는다.
누구도 모르게

공기가 내민 손을 바람이 잡는다.
찬바람도 물과 손을 잡는다.

강물이 보이지 않는다.

저 흐르는 물이
아무도 모르게 겨울 준비를 하였을 것이다.

물고기 집이
유리문 속에 환하게 보인다.

나는 물고기의 숨소리를 들으려고 한다.
조용히 아주 조용히
그러나 숨소리를 끝내 듣지 못한다.

돌 틈과 틈 사이에서
자는 듯

즐기는 듯
알 수 없으나
하염없이 멈추고 있는 모습에 물고기가 아니라는 생각이
든다.

물고기 하나가 돌 틈에서 돌부처처럼 가만히 있다.
무엇을 생각하고 있는 것일까?

나는 자꾸 생각할수록
물고기는 내 눈에서 사라졌다가 다시 태어난다.

가만가만 귀 기울이면
물고기가
물의 소리를 돌리고 있는 것 같다.

# 고무장갑

—

싱크대 수도꼭지에
어머니의 두 손이 걸쳐 있다.
어머니가 두 손을 두고 가신 것이다.

나는
그 손을 덥석 잡는다.

나무가
옷을 훌훌 벗어 던진 것처럼

가볍고
가벼운
늦가을이었다.

어머니가 고향으로 가시는 날이었다.

그 집에 도착하면
두고 온
이 붉은 손을 찾으실까?

—

# 변곡점

상사와 업무 얘기를 주고받는다.

아침 햇빛이 어김없이 바닥과 수다를 떨고 있다.
그들의 소리는 너무 작아 무슨 말인지 알아들을 수 없다.
나는 그들의 떨어뜨린 말들을 빗자루로 쓸어 보지만
전혀 움직이지 않는다.

바람이 흔들어도 바닥은 흔들리지 않는다.
그들은 더욱더 견고하게 엎드려서
자신의 자리를 지키고 있다.

그것은 하루의 일과를 알리는 시작일까.

금방이라도 비를 내릴 듯
구름은 바닥의 긴 그림자를 거두어들인다.

나는 생각한다.
저것은 변덕이 심한 날씨 때문인지 몰라.
구름의 감정이 큰 폭으로 오르내리기 때문일 거야.

오늘도 상사의 지시 사항이 바뀐다.
나는 오늘 날씨를 살피듯 그를 본다.

사무실 집기는 그 자리에 있고
책상도 창문도 모두 그대로인데,

이상하다. 내 속에 그의 말들이 너무 많이
우글거린다.

구름이 몸속을 다녀갔나.
바람이 몸속을 들락거렸나.
빗자루로 그것들을 쓸어내려도
그것은 긁힌 자국 하나 없다.

에,,,,,,,,,,,, 또
다시 말하지만, 지난번 그 일은,,,,,,,,,,

그가 나를 다시 미분하기 시작한다.
몸속 그래프가 요동친다.
그가 점찍어 놓은 부분이 점점

부풀어 오르기 시작한다.

# 누가 저렇게 많은 소리를 허공에 매달아 놓았던가

― 　장미는
바람에 쓰러질 듯
쓰러질 듯
아슬하게 매달려 있다.

뭉칠수록
붉다.

붉은 소리들이 여기저기서 릴레이하고 한다.
갓 태어난 아이의 울음이

매달리다가
떨어지고
또
매달리고 있다.

첫울음이 미처
빠져나오지 못하고 있다.

― 　저 빨간 소리를 나는

받아 적어야 한다.

# 눈치

식당에서 물회를 먹고 있는데
입에 들어가려던 국물이 흰 바지에 뚝 떨어진다.
국물 자국이 성기 앞에 자리를 잡는다.

저 국물은 왜 나를 점찍어 놓았을까?
민망함이 고개를 숙인다.

나는 옆에 있던 여직원의 얼굴과 표정을 살피다가
슬금슬금 앞 테이블로 다가가
그들에게 무엇을 보았냐고 따지듯이 보다가
멈칫거리던 눈동자를 거두고 태연히 빠져나갈 궁리를 생
각한다.

감은 눈에서 구르던 눈치가 다급해지다가 날렵해지다가
황급히 공손해진다.

그동안 속에서 대기하던 눈치가 슬금슬금 나온다.
물티슈를 잡은 손이 더듬거린다.

흰 바지에 묻은 시뻘건 국물은 시치미를 뚝 떼고 있다.

그때 한평생을 갈고닦은 눈치 하나가
상냥한 표정으로 물티슈와 트리오를 들고 온다.
눈치들은 그제야 안도의 한숨을 쉰다.
민망한 손이 아직도 두리번거리고 있다.

제2부

# 관리소장

그의 몸에 천둥이 들어 있을 줄 그는 꿈에도 몰랐다고 한다.

그들에게 얻어먹고 자란 천둥소리가 그때 그의 몸속에서 요동쳤다고 한다.
벼락을 수십 번 맞고 익은 대추 알처럼 그때 그의 얼굴은 붉게 타고 있었다고 한다.

직원들은 안타까운 표정으로 그를 바라만 보고 있었다고 한다.

그들의 흥분된 목소리는 그의 몸이 스펀지처럼 다 빨아들였다고 한다.
그때마다 그의 팔다리는 덜덜덜 떨면서 그들을 향해 온몸으로 춤을 추었다고 한다.

바람이나 공기나 눈에 보이지 않듯이
그의 소리는 아무리 요란해도 그들에게 보이지 않았다고 한다.

그들의 소리는 한 번도 변하지 않고 관례처럼 내려온 것이라 한다.

그들은 늘 같은 목소리로 말했다.


야, 관리사무소 급여는 내가 내는 관리비로 받잖아!

도무지 소장이 관리비를 얼마나 해 처먹은 거야!

계단 석재 공사비를 얼마나 부풀려서 해 먹었는지 알 수 없잖아!


몇 년이 지나도 변하지 않는 천둥소리가

어느 날부터 그의 몸에서 자라기 시작했다 한다.


그 소리는 그의 몸을 빠져나오려고 구멍이란 구멍을 다 찾아다니다가 이리 부딪고 저리 자빠지며 요란을 떨었다. 어느 날은 태풍에 자동차가 날아가는 소리가 들리기도 했다. 마치 쓰나미가 지나가는 것처럼, 그때마다 그는 그 천둥소리를 홀로 맞섰다고 한다.


가끔 가쁜 숨을 쉬면서 그의 입에서 그들의 주장을 맞서는 소리가 나왔지만 그들의 소리를 막기에는 너무 힘이 없어 직원들조차도 불안감을 감추지 못하였다고 한다.

그는 늘 죽을힘을 다해 그들을 막았지만
그들은 태풍을 조정하는 마술사처럼 그의 약점을 잘 다
루고 있었다고 한다.
그때마다 그는 낙엽처럼 바람 부는 대로 떠돌다가
돌에 나무에 부딪히다가 모서리에 숨어서
천둥이 잠자기를 기다리고 있었다고 한다.

어느 날 그는 말했다. 자신의 몸에서 자라나는 천둥소리를
없애는 방법이 있다고.
사람이 죽으면 천둥소리도 사라진다고.
그러면 이생의 사표도 자동으로 수리된다고.
다만 두려운 것은 그 같은 관례가 계속되는 것이라고.

그의 몸은 천둥소리로 가득해 여러 번 사표를 제출했지만,
수리되지 않았다고 한다.
그의 몸에서 자란 천둥소리를 막기에는
몸이 너무 늙었다고 중얼거렸다.

# 군침 도는 자서전

—

주방장이 꿈틀거리는 머리를 내리쳐 기절시킨다.
칼은 머리와 몸통을 분리한다.
버려진 아가리는 껌벅거리며
제 몸통을 찾고 있다.

내장을 꺼낸 후에야 몸통이 깨어난다.
물속인 양 꼬리를 흔들면서 불판 위로 기어오른다.

습관은 제 몸을 뒤집고 또 뒤집으며
불 위에 까맣게 탈 때까지 꼬리를 흔들고 있다.

핏줄이 오므라드는 힘으로
허공을 뛰어오르던 힘으로
강물을 끌고 다니던 힘으로

꼬리가 거칠게 불의 물살을 가르고 있다.
불이 몸통을 뜨겁게 달구고 있다.
남아 있는 피까지 다 짜낸다.
힘에 버거운 꼬리는 잠잠하다.

—

문득
꼬리가 꿈틀거린다.

불에 달군 몸통이 힘인 줄 알고 꿈틀거렸던 기억이
잠깐 되살아났을까.

돌무더기에 두고 온 머리를 찾아다니던 꼬리는
기억을 더듬으면서 몸통으로 올라가다가
툭! 멈춘다.

저 편안한 속으로 들어간
토막 난 장어의 자서전이 짜글거린다.

그러나
맛깔나는 맛을 나는 읽을 수가 없다.

# 소문들

　계약 만료 통보 서류를 주자 그녀의 입에서 칼이 나온다.

　그녀는 방문을 밀치고 들어와 자기랑 나이트클럽에 가자고 했다는 소문을 내겠다고 으름장을 놓는다. 그 소리에 공기가 깜짝 놀랐는지 책상 위 서양란이 미동도 하지 않는다. 그도 놀라 말문이 열리지 않는다.

　그녀의 입에서 계속 나쁜 공기들이 나오고
　그 속에 크고 작은 칼들이 숨어 있다.
　숨어 있던 바람이 맞아 맞장구친다.

　여직원들이 방을 노크할 때마다 숨을 곳이 보이지 않는다.

　칼을 숨긴 바람들이 와작와작
　그의 가슴으로 들어가고 있다.

　그녀와 잠을 잤을지도 몰라.

　사무실에 소문이 둥둥 떠다니고 금방 소나기가 쏟아질 것 같다.

습기가 차올라도 빗방울 하나 보이지 않는다.

긴장된 공기가 팽팽하게 방을 채우고 있다.


소문은 점점 무성해진다.


맞아, 설마, 아니라니까, 아무리 그래도 어떻게 그럴 수 있나. 그녀가 녹음한 것 들어봤잖아. 꼼짝 못 하잖아. 그런 것을 보면 분명해!


그러나

소문은 입만 있고 몸은 없고

# 나비

어제는 비가 왔는데
아침부터 나는 여기 와 있다.

가깝고도 먼 사이처럼
그런 사이가 포근하게 느껴지는 날
나비는 허공에서 무슨 생각을 하고 있을까.

날개가 파닥거리는 것은
입이 열리고 닫히는 것이다.
배가 고프다는 것이다.

저 허공의 나비는 갓난아이일까.
그렇다면
꽃이 엄마일까.

꽃밭에 내려앉은 나비가
아이처럼 젖을 빨고 있다.

배부른 나비는
허공 침대에서 낮잠을 자는지

날개를 접지 않고 활짝 펼치고 있다.

편안함에 든 나비의
새근거리는 소리가
너무 깊어
꽃밭은 정적이다.

# 착란

一

배고픈 고양이 한 마리의 울음소리가
현관문을 두드리다가
기어이 창문을 열고 들어와
밤새도록 울부짖었다.

햇살은
아침을 지나 정오에 다다른다.

담장 너머
장미 한 송이 피어 있다.

장미 그림자가
땅바닥에 바짝 붙어 있다.

고양이의 허기가 담장 위로 펄쩍 뛰어오른다.
네 갈퀴가 허공을 할퀸다.

장미 한 송이를 입에 문 고양이가
제 그림자 위에 앉는다.

一

# 히터펌프

그녀는 겨울을 사랑한다고 했고 나는 여름이 풍요롭다고
했다.

빙판길을 걷는 것을 좋아했다기보다
일을 좋아해서 우리는 같이 걸었다.

그녀는 겨울의 난방이 잘 돌아가서 좋다고 했다.
나는 여름에 에어컨이 시원하게 돌아가서 좋다고 했다.

우리의 믿음은 너무 커서 겨울에도 눈이 녹았다.
나는 그녀가 좋아하는 겨울도 좋아하게 되었다.

옥상에 히터펌프를 설치하기 전까지
우리는 부부보다 더 가깝게 지냈다.
하루에도 몇 번씩 전화하지 않으면 궁금증이 발작했다.

나는 그렇게 강한 믿음도 있다는 걸 알았고
그때 우리의 봄은 계속될 줄 알았다.

나는 꿈에서도 그녀와 사랑을 나누었고

봄은 우리를 반갑게 맞았다.

그때 그녀는 관리단 대표이고 나는 관리소장이었다.

나는 관리단 정기 회의에서 히터펌프 설치 안건을 상정했다.
그녀는 그 제품이 너무 좋다고 찬성했다.

우리의 궁합은 겨우내 돌고 돌아도 녹지 않았다.
봄이 찾아오자 믿음은 곧바로 깨지기 시작했다.

어느 날 그녀는 나에게 말했다.
리베이트를 받아먹어도 좋은데 제품과 공사만 제대로 하면 된다고.
나는 신춘문예에 당선된 신문사의 명예를 걸고 그런 돈은 받지 않았다고 했다.

그녀의 의심은 봄을 뜨겁게 달군다.
나의 얼굴엔 진달래가 장미꽃이 붉으락푸르락 피어오르는 날이 많아졌다.

눈이 녹는다. 대지가 제 모습으로 돌아오고 있다.

봄에 눈이 내렸다는 일기예보가 나온다.
무섭게 달려드는 봄눈은 그치지 않는다.
눈치도 없이 내리는 눈
눈발이 사나운 울음처럼 그치지 않는다.

미궁에 빠진 사건처럼
나는 가끔 그녀의 마음이 어디에 있는지 궁금하다.

봄이 오고 있는데
나는 어디로 가는 중일까.
미래가 희미하게 보일락말락 하는
낡은 의자에 앉아서

# 굽은 허리는 예의를 풀지 않을 때

인부들은 등짐을 지고 뜨거운 말을 들으러 갑니다.
벽돌을 지고 계단을 오르면 몸이 말을 합니다.

계단을 한 발 한 발 내디딜 때마다
몸은 뜨겁게 달구어지고 뜨거워 뜨거워 더는 참지 못하고
조금씩 몸이 문을 엽니다.

몸은 한 번도 거짓말을 한 적이 없습니다.
몸이 말을 할 때는 숨소리가 거칠어집니다.
몸은 누구의 눈치도 보지 않습니다.

갓 태어난 아이의 피부 그대로
젖을 물리면 물리는 대로
그 어떤 때도 묻어 있지 않아 선명하고 깨끗합니다.

저 가물거리는 계단이 가파를수록
몸은 겸손해지고 더욱더 얌전해집니다.

저—기
구십 도로 접힌 몸이 있습니다.

이마에 송골송골 맺힌 말을 듣고자
예의를 갖춘 허리는 끝까지 펴지 않습니다.


몸은 흠뻑 젖은 오늘의 일과를 그대로 등허리에 적어 놓습니다.
때론 그 말이 무슨 말인지 알 수 없을 때도 있습니다.


노동의 뒤에는 언제나 뜨거운 말이 땀방울처럼 맺힙니다.
그 힘은 편안해서 흔들리지 않습니다.


태풍이 휩쓸고 가도 천둥이 내리쳐도
괄약근이 그 모든 소리를 잡아 줍니다.


이마에 줄줄 흘러내리는 말들은 미처 닦을 겨를도 없습니다.

# 백내장

1

창가에 앉아 유리창을 보니 흐릿한 것들이 얼룩져 있다.

눈으로 유리창을 씻고 닦아 본다.
침침하다.
저 창에 백내장이 끼어 있나.

눈이 다시 유리를 닦는다.

가로수들이
지나가다가 일렁거리다가 점점 희미해지다가
사라진다.

뿌옇고 희미한 물체가 다가오고 있다.

눈을 크게 뜨고 자세히 본다.
안개가 자욱하다.

나는 오지에 홀로 있는 것 같다.

2

어디로 가야 할까.

두 손으로 턱을 괴니 생각이 깊다.

멀리서 흔들리는 글자들
눈이 지나는 길마다 글자들이 떨어져 엉겨 붙어 있다.

글자들이 물속에서 꾸물거린다.
깊이 들어갈수록 물의 지느러미가 글자에 달라붙는다.

내 눈동자와 글자들이 어울려서 물고기처럼 놀고 있다.

　수심 깊은 곳에 한참 잠겨 있던 생각이 조금씩 조금씩 올
라오고 있다.

# 이티

세면대에 얼굴을 꺼내 놓는다.
물이 출렁거리면서 얼굴을 다 받아들이고 있다.

두 손이 비누를 칠하고 얼굴을 문지르고 있다.
두 손이 미끄러지다가 툭 튀어나온 광대뼈를 꺼내 놓는다.
두 손이 코를 꺼낸다.
두 손이 입을 꺼낸다.
두 손이 두 눈을 꺼낸다.

두 손이 얼굴을 만지니 손님과 주고받았던 웃음 하나가 나온다.
두 손이 얼굴을 만지니 우글거리던 주름이 앞다투어 나오고 있다.
두 손이 얼굴을 만지니 고성과 삿대가 나온다.

두 손이 얼굴을 만질수록 얼굴은 없고 뼈만 남아 있다.

세면대에 물이 떨어진 것들을 본다.
어제까지 생기지 않았던 반점이 툭 떨어져 있다.
목에서 검버섯 하나 자라고 있다.

저건 내 얼굴이 아니다.

저 물 안에 비밀이 숨겨져 있나.
저 눈꼬리에 저장했던 주름이 무슨 말을 하려다 멈춘 것
일까.
저 속에 떨어진 표정이 왜 이글거리고 있을까.

또 얼굴 하나가 물 위로 떠오른다.
몰래 숨겨졌던 얼굴이
미끄러지다가 이리저리 펴지다가 다시 우글거린다.

세면대에 물을 내린다.
물이 회오리치면서 주름들을 다 지우고 있다.
얼굴이 서서히 돌아오고 있다.

# 상속

一

갓 태어난 아이가
울음으로 모국어를 배우고 있다.

아이는
똑같은 울음소리로 말을 배우고
똑같은 울음소리로 엄마 아빠를 가르친다.

엄마는
아이의 울음소리를 들으려고 귀 기울이고 있다.

배고픈 울음소리
기저귀를 갈아 달라는 울음소리
배냇짓하는 울음소리
졸음이 몰려오는 울음소리
흥얼거리며 놀고 있는 울음소리를
엄마는 열심히 받아 적고 있다.

아이의 울음소리는
수억 년이 지나도
수천억 년이 지나도 변하지 않는다.

아이는 엄마와 울음소리로 대화를 한다.

때 묻지 않은 울음소리
오염되지 않은 울음소리
그 뒤에 말이 숨어 있을 것이다.

비린내 물씬 풍기는 저 울음이 굴절되기 전에.
허공에 떠돌아다니는 저 울음소리가 식기 전에.

나는
상속받아야 한다.

# 낙서의 여정

백만장자들이 줄지어 우리 집으로 찾아오고 있다.

나는 티브이를 켜고
침대에 앉아 소의 등줄기를 어루만진다.
눈이 화면을 쫓아다니면서 광고의 언어를 배운다.

티브이에 광고를 수십억 투자했다는 사장이 오늘 직접
브리핑한다고 한다.

바람에 물어뜯긴 자국이 내 몸에 하나씩 생기고 있다.

그런 날이면
정성껏 만든 6년산 홍삼을 나에게 선물하겠다고 호스트
가 아첨을 떤다. 그는 말한다. 6년산 홍삼이 당신의 건강과
당신의 인체 방어 시스템도 책임진다고.

가끔
현관문 여는 소리에도 귀가 가려울 때가 있다.

채널을 돌린다.

느닷없이 백설 같은 얼굴의 여자 하나가 당신의 피부가 너무 안 좋다고 당신의 얼굴 깊숙이 파인 주름을 펴 줘야 한다고 우리가 당신 피부의 탄력을 책임져 주겠다고 헤실헤실 웃는다.

동쪽부터 붉게 타고 들어온 햇살이 창문을 두드린다.
아침부터 까마귀도 티브이를 엿듣고 있을까.

내 몸을 갉아먹는 소리를 내가 듣고 있었던 거다.

내 방에 수시로 들락거리는 호스트가 실업의 언어를 분주하게 가르치고 있다. 직장을 그만둔 것이 최고의 선택이었다고 나는 시니컬하게 결론을 내린다.

소파에 긁적거려 놓은 낙서의 긴 여정이
계속되고 있다.

# 장롱은 오래된 기억을 배당받지 않는다

장롱은
곧게 올라가는 힘과
서로 마주 잡은 믿음을 끝까지 풀어놓지 않는다.

장롱은 삐거덕거림 사이에
오래된 기억을 감추고 있다.

장롱은
잃어버린 시간에 배어 있는 슬픔을 알고 있다.

하루하루 달라지던 치수와 색상들이
들락거렸던 몸의 소리를 알고 있다.

내가 나인 줄 네가 나인 줄
그가 나인 줄 그녀가 나인 줄
알던 시간들이 지나가고 있다.

목이 없는 것들만 갇혀 있다.

들쑥날쑥한 기억 저편

한 헐렁한 치수가
몇 십 년 동안 갇혀 있다가
느닷없이 활짝 열린다.

제3부

# 노예 계약

집에 돌아와 각질 칼로 각질을 벗긴다.
억센 오늘을 벗겨 내듯

뻣뻣한 오늘이 집요하게 달라붙어 떨어지지 않는다.
어제 먹은 홍어 냄새가 옷에 붙어 떨어지지 않듯이
말끔히 깎아 내려다가 자칫 피가 나올 뻔했다.
제대로 마무리 짓지 못한 오늘처럼

y는 소장이 우리 상가를 다 망치고 있다고 떠돌아다니는
소문을 나에게 전해 준다. 발바닥의 각질처럼 그 말이 내
속에서 떨어지지 않는다.

어느 날 '증거 불충분으로 사건이 종결'되었다고 경찰서
조사관이 내게 문자를 보냈다. 나는 생각해 본다. 내게 죄가
있다면 뭘까.

1. 관리소장을 그만두지 않고 근무하고 있다는 것
2. 관리 규약을 너무 잘 지키고 있다는 것
3. 입점자들에게 공평하게 관리비를 부과하고 있다는 것?

그러나 그는 나에게 24시간 동안 업무를 하라고 강요한다.

밥을 먹어도 잠을 자도 꿈속에서도 그 일이 뒤척거린다. 일상처럼 또 경찰관이 찾아온다. 나는 그를 피해 도망치다가 엄마 산소에 간다. 지금쯤 죽은 엄마 몸에서는 물이 흐를까. 목이 마르다. 물 한 모금 마시고 다시 검불 속에서 헤매다가 눈을 뜬다. 식은땀이 줄줄 흐르고 있다. 몸이 어지럽게 흔들린다. 정신을 차리고 다시 눕는다.

누워서도 일어서도 나는 업무를 본다. 발바닥에 떨어지지 않는 각질처럼. 내일이면 내일의 각질이 달라붙으리라.

내일은 위탁 관리 재계약을 하리라.

다시 월요일이 오리라. 다시 아침이 되고 그들은 보안원이 낮잠을 잤다고 화물 전용 주차 구역에 왜 승용차를 주차했냐고 B1층 복도 등을 왜 일찍 껐냐고 물으리라.

내 몸 어디에서 목줄이 나와 나를 끌고 가리라. 나의 발걸음이 왔던 길로 되돌아가다가 멈칫거리리라.

누군가 물이 터졌다고 나를 부르리라. 다급한 발걸음들이 계단을 타고 오르내리리라.

# 카트의 힘

출근길 전철 안은 만원이다.
한 할머니의 장바구니 카트가 내 앞을 가로막고 있다.

장벽을 친 것처럼
사람들이 카트 주변을 에워싸고 있다.

할머니는 무엇을 사려고 재래시장에 가는가.

젊은 친구들은 인터넷으로 주문을 하면
문 앞까지 갖다 놓는데
바보같이

그러나
장바구니 카트는 특권처럼
자기 영역을 지키고 있다.

나도 모르게
장바구니 카트를 보호하고 있다.
밀치고 들어오는 사람들에게
카트와 함께 밀리지 않으려고 온 힘을 쓰고 있다.

장바구니 카트가 있는 한
할머니는 혼자가 아니다.

숨 쉬는 공간만큼만 열려 있는 곳
모르는 사람과도 애인처럼 바짝 붙게 하는 곳
몸을 접고 접어도 자꾸 누군가와 겹치는 곳

그 공간의 벽이 카트를 에워싸고
점점 불어나고 있다.

## 수술대기실

—

할머니가 없다.
수술실에는

아들이 없다.
수술실에는

수술대기실에서 환자를 차례대로 호명한다.
할머니가 없다.

대기실에는 열 명의 환자가 있다.
느닷없이 솟구치는
할머니의 소리

아들 좀 불러 주세요.

아들이 있다.
아들이 줄을 서서 기다리고 있다.

의사들이 온다.

—

다짐은 굳고 믿음은 펴지지 않는다.

아래턱과 위턱을 소리로 물고 있는
할머니

의 시간은 계속된다.

# 반사경

—

허기진 풍경이 골목을 오가다가 기온이 툭 떨어진다.
기온이 도와줄 때, 나는 기회라고 생각한다.


꿈만 믿고 복권을 샀던 기억이 있다.
동네를 떠날 때는
복권을 사지 않겠다고 다짐을 한다.


어젯밤 꿈속
오후 한 시의 먼지가 나풀거리는 반사경을 지나 골목으로 들어간다. 버려진 옷장이 내 옷을 바로 세우려고 밤새도록 안간힘을 쓰다가 아침 햇볕에 놀라 더 삐걱거리고 있다.


누군가
재활용함에 내 몸을 구겨 넣는 모습을
네가 지켜보고 있는 듯하다.


냉면을 먹으면서 젓가락으로 행운의 숫자를 휘젓는다.
숫자도, 돼지도 보이지 않고
그렇게 아침은 깨어난다.

—

나를 바라볼수록

네 몸에서 눈치가 자라나고 있어도 한 그루 대추나무는
눈치가 없는지 한가롭게 골목을 기웃거리고 있다.


재개발 조합에서 정해 놓은 이주 날짜가 성큼 다가오고
있다.


뚝 떨어진 기온에

그냥 그대로 땅이 얼어붙은 것처럼

멈춤이란 글자가

내 머릿속을 오랫동안 서성거리고 있다.

# 사과

저 들녘에 수줍은 얼굴들을 누가 줄줄이 달아 놓았을까.

겨울, 사과나무에 눈송이들이 소복하게 쌓이고
천둥소리도 뿌리에서 빠져나와 구름의 집으로 가 버린다.

장마철이면 천둥이 내려와 흙에 묻혀 있다가
어느 날 나무를 타고 올라와 가지 끝에 매달린다.

태풍이 지나간 자리마다 옹이들이 박히고
가지는 갈라지고 휘어지다가 가까스로 멈춘 곳이
다시 허공이다.

날숨과 들숨으로 공기들은 쉬지 않고 나무를 오르내린다.
가만히 눈을 감고 자는 땅을 깨우는 것도 나무의 일과다.

햇빛은 매일 퍼져 내리고
동쪽에서 얼굴을 내민 사과는 얼굴을 붉힌다.

해의 불이 사방에서 타오르고
대지와 사랑을 나눈 사과나무는 뜨끈뜨끈하다.

소낙비가 갑자기 쏟아진다.
대낮에 바람을 피우다가 벼락을 맞은 사내처럼

이건 누구의 짓이냐고 먹장구름이 억지를 쓴다.

그리고 어둠은
밤새도록 사과를 둥글게 둥글게 문지르며 마사지를 한다.

사과의 얼굴이 붉어질 때까지

# 각질의 힘

—

나는 걸어서 출근한다.

뒤꿈치엔 얽히고설킨 길들이 칼자국처럼 들어차 있다.
나는 매일 그 길을 걷는다. 한 골목을 지나면 얼핏 막다른
골목이 나오고 그 골목을 돌아 나오면 또 막다른 골목이
나오기도 한다. 그렇게 한 골목을 겨우 빠져나와 교차로를
건너면 빨래방이 있고 약국이 있고 맥도날드가 있지만, 어
디에도 내가 찾던 빨강 지붕의 집은 없다.

내가 헤맨 그 길들을 누구한테도 말할 수 없다.

세숫대야에 물을 가득 받아 놓고
두 발을 가지런히 모아 대야에 발을 넣는다.

발은 제집을 찾은 것처럼 조용하다.
따뜻한 물이 하루를 부드럽게 어루만져 준다.

물속에 있던 발의 모습이 드러난다.
부드럽고 순결하고 그러나 고단했을 그 길

—

껍질을 단단하게 붙여 놓은 뒤꿈치가 그 길을 말하고 있다.

발뒤꿈치에서 보이지 않는 풍경을 걸음들이 중심을 잡아 주고 있다.

칼이 고단한 그 걸음들을 깎아 낸다.

뒤꿈치를 한 겹 한 겹 벗겨 낼수록
제멋대로 그려진 나이테가 하나씩 나온다.
깎아도 깎아도 저 각질의 시간을 셀 수 없다.

## 풍경의 소란

　툭툭 터치해 놓은 풍경이 소란스럽다.


　소들의 워낭 소리가 들린다.
　엄마가 낮잠을 자고 있으면 아버지는 곡괭이를 메고 엄마 곁을 조용조용 지나간다.


　마르크 샤걀의 그림 「나의 마을에」 속
　소란은 어색하지 않다.
　눈을 깜박거릴 때마다 늙은 어미들이 달라붙는다.


　마을이 낯설다.
　그러나 자세히 보면 내가 태어난 곳.


　어떤 꾸밈도 없이
　어떤 느낌도 없이
　감정을 꾹 눌러서 그냥 그렇게 세월을 바짝 말려 놓은 것 같다.


　어머니와 그 어머니의 거리는
　손가락 한 마디에 불과하지만

눈앞에 서성거렸던 소란함은

구석기시대까지 이어지고 있다.

# 차단기가 내려갔다

—

가전제품이 누전되는 것도 모르고 있던
나의 부주의가 나를 가둬 놓았다.

전기가 공급되지 않는 동안
티브이의 전원이 나가고 저마다 지니고 있던
소리는 제 안에 갇혔다.

앵무새처럼 조잘거리던 아나운서의 목소리가
티브이 속으로 바쁘게 들어가고 있다.

저마다 제소리에 묶인 것들이
어둠의 벽에 단단히 갇혀 있다.

나는 저 소리를 탈출시키려고 분주하게 움직이고 있다.
그러나 어둠은 빠르게 소리를 빨아들이고 있다.

차단된 입이 좀처럼 열리지 않는다.
고요가 갑자기 찾아오고 어둠 속의 쇠창살들은
나를 에워싸고 있다.

—

나는 분전함을 찾으러 어둠을 더듬거리는 동안,
손닿는 곳마다 벽이고 낭떠러지다.

빨리 이곳을 빠져나와야 한다.

그러나 나는 앞으로 나오려 할수록
나를 누르고 있는 몸의 소리는 더욱더 왕성하게 들리고
있다.

어둠은 깊은 수심으로 들어갈수록
나는 현기증이 나서 잠시 방황하고 있는데
어디선가 나를 부르고 있는 것 같아
가만히 소리 쪽으로 귀를 대 보는데
문득 그 소리를 들을수록 머리는 맑아지고
그 품도 따뜻하다.

엄마의 배 속처럼 웅크리고 있다가
생글거리고 있는 내 모습을 내가 보고 있다.

# 연장 근무

—

근무는 낮에만 하는 것이 아니다.
누구도 침범할 수 없는 밤의 침대에 누워서 나는
잠시도 가만히 있지 않고 몸을 이리저리 뒤적거리고 있다.

잠 속에서 또 다른 내가 그 소리를 듣고 있다.

난방비가 왜 그렇게 많이 올랐어요?

꿈속에서도 그는 관리비 고지서를 이리저리 보면서 전년
도 난방 사용량과 현재 사용량을 비교하며 설명한다. 입점
자들은 난방비를 줄이라고 다그친다.

나인 듯한 사람이 연신 머리를 긁적거리며 뭐라 뭐라 말한
다. 낮에 설명하지 못한 부과 명세를 설명하고 있을까. 밤은
그렇게 바쁜 시간을 쪼개며 집단 민원을 해결하려고 하는가.

아무리 말을 하려고 해도 말이 나오지 않는다. 코 고는
소리 같은 것이 들린다. 콧구멍에서 나오는 소리로 말을
하려고 하는 걸까. 아니면 거기서 누구랑 한판 붙은 걸까.

—

나의 입은 휴식도 없이 일하고 싶은가 보다. 목구멍에서 간질거리는 말을 꾹꾹 집어넣어도 다 삼키지 못한 말이 입으로 터져 나오고 있다.

푸푸

코 고는 소리가 갑자기 뚝 끊긴다.

그쪽의 민원이 해결된 걸까.
아니면
잠시 쉬며 담배라도 피우고 있는 걸까.

들리지 않는 저 소리를 쫓아가면
고요가 고요를 멱살 잡고 물고 늘어지고 있을까.

콧구멍에서 태풍이 다시 인다.

작은 구멍이 흥분된 소리를 막아 내느라
가쁜 숨을 몰아쉬다가 푸-우
한숨 돌리고 있다.

# 악어 지갑을 샀다

그는 몸은 어디에 두고 가죽만 내게로 왔을까?

바지 주머니에 넣고 다니는 악어는 얌전하고 튼튼하였다.
울퉁불퉁하고 딴딴한 가죽은 내용물들을 잘 지켜 줄 것
같았다.

한번 물면 놓아주지 않던 그 근성으로 돈을 물기도 했었다.

죽어 배고픔을 모르는 그가 아직도
넣어 주는 대로 돈을 물고 있는 것은 생전의 습관일까.

포악한 모습은 사라지고 까칠까칠한 그의 피부가
내 엉덩이를 찌른다.

때론 그가 내 손을 덥석 물 것 같은 불안에 휩싸여
그의 몸속으로 손을 잽싸게 넣어 이만 원을 꺼낸 적도 있
었다.

그러나 이제는 하루에 몇 번씩 그 속으로 손을 넣고 뒤져도
늙은 그는 반항이 없다.

그러나 그는 완벽하게 자신의 업무를 수행하고 있다.

가령 내 손을 거치지 않고 나의 신상을 빠져나간 적이 없
으면
거래처의 명함들을 흘리지도 않았기 때문이다.

그 속에는 오 년 전 나의 증명이 있다.
그 속에는 십 년 전 나의 면허가 있다.

날뛰던 나를 조용히 가두어 놓고 있는
늙은 악어 한 마리

# 가오리

번개가 벽에 다녀갑니다.
천둥이 주춧돌에 들어앉아 있습니다.
스미고 스며드는 바람에 시멘트 블록은 골다공증에 걸렸습니다.

오가던 파도를 나는 막지 못했습니다.

가오리 한 마리가 어항에 왜 누워 있는지, 걸레처럼 짜 놓은 주름에 욕창이 왜 생겼는지, 할머니의 몸에서 다급하게 신호를 보내도 대답을 왜 하지 않았는지,

방문을 열자 모르고 몰랐던 냄새가 말을 걸었습니다.

치매가 방바닥에서 똥을 반죽하고 있었습니다.

틀니가 누군가에게 말을 걸다가 방바닥에 마침표를 찍었습니다.

할머니가 새벽마다 반야심경을 읊으면서 관 뚜껑을 조용히 여닫았습니다.

할머니가 던진 질문에 나는 아직도 답을 못 하고 있습니다.

# 가면

―
1

목욕탕에서 옷을 벗고 있습니다.
거울 속에 갇혀 있는 나의 모습을 내가 바라보고 있습니다.
바라볼수록 웃음이 나옵니다.

실실거리며 아무나 흉보던 웃음, 실없이 장난치던 웃음,
남을 속이려던 억지웃음, 기쁨으로 넘쳐나던 웃음, 슬픔이
고여 있는 웃음, 눈가에 고여 있는 웃음

속옷으로 가리고 겉옷으로 가리고 화장으로 치장한 웃음들.
웃음들이 덜레덜레 쏟아져 나옵니다.
웃음들이 이렇게 많은 줄 몰랐습니다.

지금까지 나는 어떤 가면을 쓰고 살았을까요.

목욕탕에는 각자 다른 문장들이 출렁거리며 걸어 다니고
있습니다.
그것의 크고 작은 것에 대해 아무도 관심이 없습니다.
―
가난도 부도 직위도 다 내려놓은 저들의 몸은

가볍습니다.

탕 속에 담긴 사람들의 몸이 잘 보이지 않습니다.
뽀얀 김이 웃음들을 가리고 있습니다.

2

샤워부스를 터치합니다.
물이 나를 터치하며 흘러갑니다.
한 방울의 샴푸가 머리칼을 타고 부드럽게 녹아내리고
있습니다.
물의 신경이 나를 건드리고 있습니다.

물비누가 내 몸을 칭칭 감고 있습니다.
뭉쳐진 근육도 풀리고 있습니다.
나는 자꾸 몸을 만지고 있습니다.
몸은 느낀 그대로 물을 받아들이고 있습니다.
땀구멍에서 괄약근이 열리고 있습니다.

하수구로 몰려간 물이 아우성을 치며 몸을 비틉니다.

—

거품들이 질퍽하게 모여 있다가 하얗게 부풀어 오릅니다.

물에 빨려 들어갔던 몸이 발버둥을 칩니다.
거울에, 타일 벽에, 천정에, 땀방울이 떨어지고 있습니다.

물비누 한 방울에 크게 부풀었던 몸을 물이 씻어 내고 있
습니다.

들어올 때 나와 지금의 나는 너무나 멀리 와 있어서
나는 나를 전송할 수 없습니다.

—

제4부

# 불면증

소낙비가 땅바닥을 두드린다.
작고 큰 음들이 지붕에서 토닥토닥

바람이 지나가고 천둥이 지나가도
그 음들이 제자리를 끝까지 지키고 있다.

비바람에 감긴 생각들을 침대에 풀어놓는다.

관리사무소 직원들은 옥상 방수 공사를 하면서 얼마나
해 먹었을까. 입점자들의 입에서 입으로 옮겨 다니는 말이
송곳처럼 머리를 들쑤신다.

빗방울이 한 가닥 두 가닥 세다가 툭툭 끊어진다.
다시 되살아 오르는 저 빗방울의 집요함

도대체 빗줄기는 몇 가닥이나 될까.
아무리 세어도 셀 수 없는 구름의 숫자.

이 밤이 다 가기 전에 저 빗방울의 숫자를 나는 세어야
한다.

빗방울이 내려왔던 기억을 되살릴 날이 올 것이다.
내가 쓴 문서가 나를 기억할 것이다.

그렇지 않으면 이 빗방울을 잡을 수 없다.

빗방울이 허공에서 내려온다.
바람이 불어도 흐트러지지 않는다.

각자 뭉쳐진 저 빗방울의 힘들은 풀리지 않는다.
그들의 사상을 나는 받아들인다.

몇 천 년이 몇 억 년이 지나도 저 빗줄기는 내리고 내릴 것이다.

저 바닥에 찍어 놓은 맑은 영혼들이 다시 허공으로 올라갔다 내려올 것이다.

결재 도장을 찍는 것처럼 빗방울이 떨어진다.
한 가닥 두 가닥

저 빗방울의 숫자를 이제야 셀 수 있다.                               ㅡ

ㅡ

# 공황장애

형광등이 갑자기 찌지거린다.
경련을 일으킨다. 자율신경이 원활하게 돌지 않듯.
접촉 전구 하나가 제 기능을 잃어버렸다. 방 안이 요란을
떤다.

형광이 미친 듯 깜빡거린다.
무엇에 대한 반항인가.
조바심인가.
숨을 곳을 찾는 것인가.
나는 저들의 속을 모른다.

전기는 얼마나 머나먼 길을 지나
소리 없이 내 곁으로 찾아온 것일까.

핏줄은 매일 지구의 두 바퀴 반을 돌아
내 몸 어느 먼 곳을 찾아가는 중일까.

문득 형광등에 감정이 있다는 생각이 든다.

옆구리가 아파요. 깜빡

숨이 막혀요. 깜빡

그는 끊임없이 구조 신호를 보냈지만
나는 몰랐다.

나는 이리저리 방 천장을 둘러본다.
형광등이 어지럽게 흔들리고 있다.
방이 빙글빙글 돌며 멋대로 돌아다닌다.
나는 그 자리에 풀썩 주저앉는다.

몸속에서 벼락이 내리친다. 폭풍이 몰아친다. 회오리바람
이 분다. 자갈이 구른다.

구르는 돌을 다 받아 들고 나는 겨우 정신을 차린다.
몸에 붙어 있는 장기들이 서로 밀고 당기며 나를 진정시
키고 있다.

몸속 소리들이 들리기 시작한다.

# 밤손님

늦가을 이슥한 밤
몰래 찾아온 손님이 있는 것일까.

잠결에 이 소리 저 소리 들렸는데
무슨 소린지 도무지 알 수 없다.

느닷없이 내 귓속에 대고 한 놈이 앵앵거린다.
그 소리에 칠십 킬로의 몸이 벌떡 일어난다.
사방을 둘러보아도 아무것도 보이지 않는다.
불을 켜고 여기저기 살펴보아도 없다.
방 안은 조용하다.

꿈일까.
내 몸을 만져 보다가 담배 한 대 피워 본다.
고요가 방 안을 메우고 있다.

놈은 나의 약점을 알고 있는 듯
자는 습관까지 알고 있는 듯
나를 들어 올리는 방법을 알고 있는 듯
나에게 할 말이 있는 듯

몇 십 톤 아니 수백 톤 잠의 무게를 가볍게 들어 올릴 수 있
는 듯

혼자 웅얼거리다가 떠난 사람처럼
다시 돌아오지 않는다.

나도 모르게 나는 그 소리를 찾아 나선다.

사라진 소리는 흐리멍덩하던 내 머리를 깨우며
단단하게 내 몸속으로 들어가 있다.

# 소리들

　흩어졌던 소리들이 한군데로 모이고 있다.
　그럴 때마다 관리사무소에서는 폭우가 쏟아진다.


　원칙주의자인 소장 때문에 세입자가 들어오지 않는다는
입점자.
　관리비가 옆 건물보다 엄청 많이 나온다는 입점자.
　직원들의 최저 급여가 왜 올랐는지 이해가 되지 않는다는
입점자.
　장사가 되지 않는데, 왜 급여만 올렸냐고 푸념하는 입점자.


　구름이 그동안 연습한 음들을 쏟아 내는 것일까.
　영문 모르는 소리들이 빗방울로 쏟아진다.


　나는 소리를 쫓아다닌다.


　소리는 빗방울처럼 허공을 오르내리고 있다.
　소리는 땅바닥에 떨어졌다가 다시 튕겨 오른다.
　음들이 이탈하지 않는다.

　각자 다른 생각과 다른 뜻이 있어도

땅바닥에 부딪힐 때마다

높은음으로 갔다가 낮은음으로 다시 돌아오는
저 호흡들

나는 저들의 호흡을 듣는 중이다.

# 공시(共示)적인 기호

우리가 정해 놓은 약속을 최대한 지키려고 한다.

코로나 확진자가 늘고 있다는 뉴스를 보고 있다. 아무 생각 없이 고개를 끄덕거리다가 뒤를 돌아보니, 관료적인 수다가 따라붙는다.

종각에서 책을 샀다.

코로나 검사를 받으라는 문자가 자주 온다. 책을 산 영수증을 갖고 가자고 다그친다. 경찰관이 저 멀리서 오고 있다. 심장에서 철커덕 수갑 채우는 소리가 들린다.

종각에서 책을 샀다.

이순신 장군이 영화에 나올 줄 알고 전투를 하였을까. 가볍게 던진 말도 의심부터 하는 버릇이 생긴다.

광화문광장에는 서점이 있다!

광화문 인근에 있었던 사람들도 내일까지 진단을 받지 않

으면 구상권을 청구한다는 문자가 또 온다. 전국적으로 공
개가 되어 버린 나의 신상 정보.

검사를 받으면 음성이 나올까 양성이 나올까.
나는 몰라요 몰라. 정말 모릅니다.

종각에서 책을 샀다.

당신! 전에 산 책을 오늘 또 사는 거야.
실시간으로 중계되는 내 모습을 네가 보고 있다.

나는 범죄자의 심정을 받아들인다.
그리고 웃는다.

# 잠복기

선풍기 버튼을 누르니 바람이 메아리친다.
이제야 풀렸다고, 박자에 맞춰 리듬을 탄다.
흥에 겨운 날개가 춤을 춘다.

강풍 버튼을 누르니
날개 속에 접혀 있던 남은 바람이
한꺼번에 뛰쳐나와 거실을 빙글빙글 돌고 있다.

날개가 바람의 멱살을 잡고 흔들어 댄다.
제철을 만난 날개가 뜨겁다.

뒤통수가 콘센트에 꽂힌 바람이 내는
소리의 의미를 나는 모른다.

바람의 강도에 따라 속도를 내다가
정지를 누르면 긴 침묵으로 들어간다.
그제야 날개도 휴식을 취한다.

철 지나면 창고로 들어가는 바람
누구도 쳐다보지 않는 바람

홀로 으스스 떨고 있는 바람
누군가를 기다리고 있는 바람

그 안에 갇힌 바람은 지금 무슨 생각을 하고 있을까.

어딘가에서
어둠에 갇힌 바람이
잃어버린 소리를 찾아다니고 있다.

# 수저통

—

해가 허공에다가 아침을 스케치한다.
그 속으로 끼어든 까치 한 마리
달력을 넘기듯 어둠을 넘긴다.

그 속에 갇힌 나도 햇살에 떠밀려 아침을 맞이한다.

내가 내뱉은 공기가 고여 있는 방 안
방문을 여니
발그레한 아침 햇살이 식탁까지 따라온다.

수저를 꺼내 놓고 관 뚜껑 같은 수저통의 뚜껑을 닫는다.
남아 있는 수저들
시체처럼 나란히 누워 있다.

티브이를 켜니
사건 현장에서 관 뚜껑이 열리고 닫힌다.

카톡으로 부고 문자가 온다.
어느 죽음에 내가 마침표를 찍을 수 있을까.

—

장롱에 있는 여름 통바지는 재활용장으로 버리고
새로 산 티셔츠가 나를 걸친다.

새것으로 갈아입으니
낯선 시간이 몸을 밀고 오는 것 같다.

졸업식 꽃다발을 받은 것이 어제 같은데
반백의 사내가 거울 속에 있다.

이별은
또 다른 삶의 리듬을 타고 어디로 갈까.

어머니가 돌아가신 지도 얼마 되지 않은 것 같은데
눈에 고여 있는 눈물은 벌써 바람이 가져간 지 오래,
지난 시간을 나는 붙잡을 수 없다.

# 물의 길

一　붉게 물든 노을이 갯벌에 툭 떨어진다.
노을이 바다 쪽으로 끌려간다.

빛과 빛의 장렬한 죽음은 순간마다 붉다.
빛은 자신이 지나간 자취를 남기지 않는다.

허공의 경계가 사라진 자리에 어둠이 가지런히 눕는다.

저 편안함 속에 바람이 불고 구름이 지나간다.
어둠이 개울가로 내려앉는다.

물은 높이에 따라 양에 따라
굽이굽이 돌며
자신의 영역을 넓히려고 목소리를 높이고 있다.

개울가로 내려오다가 돌에 부딪혀서 흩어지다가
다시 뭉치다가 갈라지고 찢어지고 튕겨 오르던 소리들이
다시 물속으로 들어가고 있다.

―　강의 하구에는 물의 뚜껑이 있을까.

바다에 다다라서야 드디어 물이 눕는다.
밀고 들어온 힘이 물의 뚜껑을 닫는다.

거친 파도는 소리로 자신의 존재를 알린다.
파도를 품을수록 숨소리가 가늘어지다가
이내 거친 숨소리를 뿜어내다가 이윽고 고요해진다.

어느 죽음도 저와 같지 않을까.

바다가 된 물이 왔던 길로 거슬러 오른다.

노을이 떠오른다.
아침 햇살이 거실에 들어오고 있다.
나는 아무런 일이 없는 것처럼 아침을 맞는다.

# 저 메뉴판이 나를 정리하고 있다

메뉴판을 본다.
한때는 내 몸이었는데,
부위별 가격이 다르다.

여기 온 날부터 나는 그냥 고기야.
그날 주인은 경매장에서 나를 데려와 이곳에 내려놓았지.

풀만 먹고 자란 나의 몸은
곰곰 보니 온통 선홍빛이야.

도축 칼로 내 몸을 해체하던 주인이 말했어.

*이놈은 식성이 좋아 들판을 돌아다니면서 풀이란 풀은 다 뜯어 먹었던 것 같아. 그래서 튼튼한 근육 세포에 이리 붉은 살을 만들었던 거야.*

나는 목이 없어. 입이 없어.
코도 없어. 눈도 없어. 귀도 없어. 혀도 없어.

없는 것이 너무 많은 나는 배고픔이 없어.

나도 모르게 나의 식성이 바뀌었던 거야.

지금 나는 신선한 온도와 적당한 습기와 쾌적한 공기를 먹고 살아.


주인은 도축용 칼로 껍질을 벗길 때 살들은 더욱더 탱탱해지지.

주인은 0도로 온도를 맞춰 놓고 나에게 말하지.


*자를수록 단단하게 뭉치는 이놈 힘 좀 보게.*


이것도 내 몸이고 저것도 내 몸인데

저 메뉴판이 나를 이렇게 간략하게 정리해 주고 있다.

## 신령 모시기

우리 집에 신령들이 우글거리고 있다.

오늘도 병원에 갔다.

어김없이 처방전에 나왔다.

약사는 치통을 잡는다는 조그맣고 동그랗고 투명한 사각의 비닐봉지에 넣어 주었다. 나는 신령들이 들어 있는 흰 봉지를 들고 집으로 왔다.

우리 집 약장에는 온갖 신령들이 모셔져 있다.

몸살을 잡는 신령, 위장을 달래는 신령,

신령의 종류도 가지가지

두통 신령, 허리 신령, 무릎 신령, 팔목 신령, 혈관 신령, 고지혈 신령, 간 신령,

그 많고 많은 신령을 모셔 놓으니

마음이 조금 든든한 것 같기도 하다.

나는 아침마다 식탁에 앉아 있는 신령을 찾아가 혼잣말처럼 중얼거린다.

오늘 낮에 점심 약속이 있습니다. 막걸리 한 병을 먹어야

오후 일과가 부드러워집니다. 저녁은 물론 삼겹살에다 소주 두 병을 먹어야 잠을 자지요. 습관적으로 길든 나의 몸은 술을 먹지 않고 집에 가면 나를 엄청나게 보채거든요. 몸이 가렵다든가 머리가 아프다든가 잠이 오지 않는다든가.

그럴 때 곧바로 신령님을 찾아가도 되겠지요.

고맙습니다. 신령님!

당신이 있어 저는 오늘도 기쁜 마음으로 출근할 수 있습니다.

앞으로 제가 얼마나 많은 신령을 모셔 놓을지는 나도 모릅니다.

구원의 손길을 뻗으면 곧바로 당신이 달려올 것 같아 조금은 안심합니다.

나의 마지막을 목욕시켜 줄 신령이여! 옷을 입혀 놓고 나를 묶어 줄 신령이여! 관 뚜껑을 닫아 줄 신령이여!

헤아릴 수 없는 당신들 때문에 나는 아직도

살.아.있.습.니.다.

# 공기 커튼

너는 오늘도 여기 있구나. 뜨거운 공기를 막고 있는 네가. 차가운 공기를 막고 있는 네가. 여기는 지금도 장마철 같구나.

네가 쳐 놓은 장벽에서 공기들은 치킨게임을 하고 있구나.

허공이 너를 따라 하는지, 네가 허공을 따라 하는지 알 수 없지만, 남부에서 중부로, 중부에서 북부로, 집중호우가 내리고.

너희로 인해 앞으로는 지역이 세밀하게 쪼개질 거야. 이를테면 서울에서 경기로, 그러다가 강남에서 강북으로, 아니 역삼에서 논현으로.

비는 구를 가리지 않아 동 중심으로 비들이 쏟아지고 동 중심의 천둥 번개가 동을 대변할지도.

자연의 이치를 거스를 수는 없잖아. 어제 남부 지방에서 집중호우가 쏟아진 것을 알고 있지? 사실 그것은 우리들의 이기심 때문인지도 몰라.

이제 세상은 너는 없고 나만 있는 나만의 천국 아니 지옥이
될 거야.

그러면 네가 버린 쓰레기들이 네게로 오듯 저기 제 갈 길
을 찾다가 서로 부딪치다가 깨지고 떨어져 나간 것들이 모
여 구름 마을을 만들듯

찬 공기와 뜨거운 공기가 부딪치면서 경계를 만들며 비
구름을 가두고 시간당 백 밀리 아니 이백 밀리 비를 쏟아
붓듯

봐. 네가 만든 공기 커튼이 저기 있네. 비구름이 그렇게 많
이 다녀가도 세상 모르는 커튼들이 자전하듯 돌고 있잖아.

# 저울

—

저울은 흔들리면서 제집을 찾아간다.

저울이 나를 보는지 내가 저울을 보는지
저울의 눈금은 볼수록 불안하다.

추가 흔들흔들 지나간 자리
공기의 주름이 보인다.

허공에서 춤을 추던 추가 시나브로 멈추자
사방이 고요해진다.
그때 공기들은 다리미질된 홑이불처럼 고요하다.

눈금도
감정이 있을까.

저도 모르는 사이
감정을 저울에 올려놓은 샐러리맨처럼

"야, 니, 너, 두고 보자."

—

그들의 저울에 강제로 오를 때처럼
입술이 파르르 떨리고

팔다리가 몸뚱이가 하염없이
저울 속 눈금으로 들어간다.

# 허공의 주식(主食)은 소리다


허공은 식욕이 왕성하여 어떤 소리도 소화를 시킨다.
갓 태어난 아이의 울음소리가 제일 맛있는 요리다.


조잘거리는 새들의 소리는 간식이며
울음소리는 소화제다.


허공의 내장은 늘 비어 있는 것 같지만
사계절 내내 골고루 음식을 차려 놓는다.


식사할 때는 누구에게도 들키지 않게 조용히 먹으려고 했다.
그러나 지금은 시도 때도 없이 요란하게 먹고 있어
걱정하는 사람이 늘어나고 있다.


간간 대지에서 목이 마르면 구름은 울음보를 터트려 놓는다.
식욕이 왕성한 소리는 소낙비를 마구 퍼마신다.


아무리 먹어도 늘 배고픈 소리가 허공에 걸려 있다.
누구도 허공의 입으로 들어가는 것을 본 적이 없지만
먹다 남은 찌꺼기만 대지에 지저분하게 널려 있다.

허공의 대문은 위장이다.

길을 따라 쭉 내려가면 자궁에서 소리가 그득하게 갇혀 있다.

그 탯줄에 감긴 소리가 제멋대로 돌아다니고 있다.

그럴 때마다 허공의 주인이 소리를 한군데로 모아 놓고 공연을 한다.

악기들의 연주에 취한 소리가 비틀거리고

허공 속으로 끌려가다 길을 잃는다.

천둥소리가 잡다한 소리를 먹어 치우고

소낙비도 산을 야금야금 갉아먹고

길거리에 널려 있는 자동차들을 국수 먹듯 후르르 삼킨다.

심지어는 순식간에 도시를 우지직 먹어 치운다.

입맛을 다신 허공이 고요해지면 배가 부르다는 것이다.

그래서 자주 식곤증에 시달린다.

지금 소리가 가는 곳마다 기형의 자궁이 생기고 있다.

125

# 씨족의 번식은 바람의 속도보다 빠르다

—

민들레가 풀대에 저장되었던 바람을 조용히 뺀다.
홀씨가 날아간다.

바람의 내장에서 숙성 중인 홀씨들.

후 불면 날아갈 것 같은 것들
제 씨를 찾기 위해 가벼워진 몸들이 날아간다.

바람은 뿌리를 찾아다니는 방랑자일까.

허공에서 소리가 들린다.
바람이 제 길을 풀밭에 휙휙 풀어놓는다.

허공이 주름을 펴 주니 바람이 풀숲에 내려앉는다.
흙이 한 씨앗을 입에 물리니 땅속에서 배냇짓을 한다.
풀대가 허공에서 눈을 뜬다.

꽃밭에 내려앉은 나비가 구애한다.
취한 꽃들이 활짝 핀다.

—

# 허물어진 도시의 흔적들

남승원(문학평론가)

## 1.

현대인들의 삶은 두말할 필요도 없이 도시를 기반으로 하고 있다. 어쩌면 도시가 아닌 곳에 살고 있는 사람들의 내면조차 도시가 그리는 욕망을 따라 구성된다고 말할 수도 있을 것이다. 그만큼 도시는 단순히 인구 밀집 지역을 가리키는 공간을 넘어 인적·물적 측면에서 한 사회의 가용자산들을 그 내부에 모두 집적시켜 나가는 원동력 자체이다. 불과 200여 년 전까지만 해도 도시 거주자는 전 세계 인구의 3%에 불과했지만, 이천년대 초반 그 구성 비율이 절반이 넘어 역전된 사실은 도시의 힘을 단적으로 보여준다. 우리나라의 경우는 보다 극단적인데 이미 1970년대에 도시 거주 인구가 더 많아지기 시작했으며, 지금 현재는 90%를 훌쩍 넘어섰다.

이처럼 도시가 우리 삶의 중심을 차지하게 된 데에는 교통의 편리함이나 상대적으로 높은 문화적 혜택 등 여러 실

질적인 이유가 존재한다. 그런데 이 같은 도시의 생활은 개인적 삶을 구성하는 중요한 두 가지 요소인 시간과 공간을 재구성하면서 만들어진다는 것을 생각해 볼 필요가 있다. 먼저, 공간에 가해지는 변형은 시각적으로도 쉽게 확인할 수 있는 것처럼 도시를 다른 삶의 지역과 적극적으로 구별시킨다. 이때 도시적 공간을 구성함에 있어서 인간의 자연스러운 신체 움직임은 중요한 고려 대상이 아니다. 서울시의 도로가 전체 면적에서 4분의 1가량을 차지하고 있다는 사실로 미루어 알 수 있듯, 도시 공간은 축적 가능한 자산 이동의 원활함이 우선적으로 고려되는 것이다. 따라서 도시 공간은 처음부터 개별적 삶의 흔적과는 무관하게 만들어진다. 오랫동안 있었던 주변 상점이 다른 것으로 바뀌고 나면 얼마 지나지 않아 이전에는 무엇이었는지 도통 기억나지 않는 흔한 일들이 바로 도시적 공간에서 비롯되는 경험의 특성을 그대로 보여 주는 사례라고 할 수 있다.

시간 역시 마찬가지이다. 도시가 가진 힘은 시간에 대한 인식의 변화를 이끌면서 보다 근본적인 차원에서 작동한다. 애초에 '시간'은 여러 철학자들이 주목했던 것처럼 인간에게 물리적 개념을 초월해서 존재의 내면과 직접적 연관성을 부여하는 힘으로 받아들여져 왔다. 인간이 스스로를 구성해 나가는 가운데 자기 삶의 가능성을 선택할 수 있는 존재가 되기 위한 본질을 바로 '시간성(zeitlichkeit)'이라고 했던 하이데거의 사유는 우리에게 이미 널리 받아들여진 인식이기도 하다. 하지만 도시의 시간은 이와 다르게 경제적 득실을 따지는 계산 요소 중의 하나로 철저하게 변모한다. 도시에서 시간은 노동력을 측정하는 단위이거나 또는 미래의 시간조차 투자의 가능성으로 편입시키는 것처럼, 경제적 활동을 지속해 나가는 차원에서 무엇과도 비교할 수 없이 중요한 요소이다. 하지만, 아이러니하게도 개인적 삶의 내밀성 속에서 시간이 차지하는 부분은 점차 소멸되어 버리고 마는 것이다.

이명우 시인의 두 번째 시집 『관리소장』은 바로 이 같은 특징을 가지고 있는 도시적 시공간을 배경으로 기록된 삶의 일지라고 요약할 수 있다. 이때 그의 기록들이 단순히 객관적 정보들을 나열한 것은 아니라는 점이 중요하다. 하루 동안의 일들을 기록하기 위해서라면 지나가 버린 시간을 거슬러 오르고 거쳐 온 공간들도 재배치하게 될 수밖에 없듯이, 시인은 도시를 기록하는 행위를 통해 자신의 개별적 삶과 직접 결부되어 있는 시공간을 인식하고 재구성해 나간다. 시집 『관리소장』을 읽어 가면서 주목해야 할 것은 바로 이 같은 그의 시선을 통해 우리 역시 도시적 논리에서 벗어나 볼 수 있게 되는 가능성의 경험이다.

## 2.

시집 『관리소장』이 강제되는 도시의 논리 속에서도 개별적 삶을 복원하기 위한 분투의 기록이라고 한다면, 가장 먼저 확인해 볼 것은 자기 스스로에 대한 인식이다. 도시는 개인에게 신체적 능력은 물론이고 정서적 내면에 이르기까지 사회가 필요로 하는 모습으로 언제든 변화 가능한 상태를 요구한다. 따라서 도시인에게 자신의 존재에 대한 총체적 시선의 유지는 불가능한 일 중의 하나가 된다. 이 같은 도시적 삶의 조건 속에서 시인은 자신의 모습에 대한 관찰 결과를 이렇게 애써 기록하고 있다.

세면대에 얼굴을 꺼내 놓는다.
물이 출렁거리면서 얼굴을 다 받아들이고 있다.

두 손이 비누를 칠하고 얼굴을 문지르고 있다.
두 손이 미끄러지다가 툭 튀어나온 광대뼈를 꺼내 놓는다.
두 손이 코를 꺼낸다.
두 손이 입을 꺼낸다.
두 손이 두 눈을 꺼낸다.

두 손이 얼굴을 만지니 손님과 주고받았던 웃음 하나가 나온다.
두 손이 얼굴을 만지니 우글거리던 주름이 앞다투어 나오고 있다.
두 손이 얼굴을 만지니 고성과 삿대가 나온다.

두 손이 얼굴을 만질수록 얼굴은 없고 뼈만 남아 있다.

세면대에 물이 떨어진 것들을 본다.

어제까지 생기지 않았던 반점이 툭 떨어져 있다.
목에서 검버섯 하나 자라고 있다.

저건 내 얼굴이 아니다.

—「이티」 부분

먼저 '코'와 '입', 그리고 "두 눈을 꺼"내고 있는 2연의 상황은 세수를 하는 자신의 "두 손"을 통해 스스로를 직접 확인하는 장면이라는 점을 쉽게 알 수 있다. 하지만 이어지는 세수의 과정 속에서 "우글거리던 주름"과 함께 "손님과 주고받았던 웃음"이나 "고성과 삿대" 등이 자신의 얼굴 뒤로 감추어져 있었다는 사실이 드러난다. 여기에서 '손님'이라는 단어는 도시 속 사람들과의 관계가 주로 상업적 측면을 중심으로 이루어지고 있다는 점을 연상시킨다. 그리고 이와 같은 관계의 특성상 우리의 내면은 진심 여부와 상관없이 '주고받는 웃음'처럼 거래가 가능한 형태로 드러나야 함은 물론이다. 나아가 종종 거래에 국한되어 있어야 하는 결과가 사람의 관계로까지 영향을 미치게 되면 "고성과 삿대"처럼 상대방에 대한 공격적 성향마저 자신이 지불하는 것에 포함되어 있는 것처럼 여기기도 한다. 결국 이와 같은 장면을 통해 도시를 살아가는 우리에게는 외부적 영역에서 비롯된 것들이 자신을 구성하는 데에 보다 깊이 관여되어 있었다는 사실이 밝혀지고 있는 것이다.

문제는 "저건 내 얼굴이 아니다"라는 분명한 자각에도

불구하고 스스로 생각하는 자신의 '얼굴'을 찾는 일이 결코 쉽지 않다는 사실이다. 도시 공간을 염두에 둔다면 "세면대에 얼굴을 꺼내 놓는" 시적 상황은 결국 특별한 목적, 곧 출근을 하기 위한 것으로 짐작해 볼 수 있다. 누구나 그렇듯 출근을 위해 세수를 하고 있는 시간에 시인 역시 자신의 얼굴을 새삼 확인하고 있는 것이다. 낯선 사람에게는 쉽게 노출하기 힘든 이 순간은 동시에 바깥에서 마주하는 사람이라면 그 누구에게라도 오히려 괜찮게 보여야 하는 모습을 준비하는 시간이기도 하다. 도시를 살아가는 사람에게 출근을 앞둔 시간은 가장 솔직한 자신의 모습을 짧게나마 확인이 가능하지만 동시에 그것을 능숙하게 감추어야 하는, 말하자면 일상의 모순을 체험하게 되는 것이다. 따라서 "두 손이 얼굴을 만"지는 행위의 끝에 결국 자신의 "얼굴은 없"어지고 마는 상황에 봉착할 수밖에 없게 된 시인은 스스로를 외계인의 모습과도 같은 이질적 존재로 인식하고 있다.

그는 몸은 어디에 두고 가죽만 내게로 왔을까?

바지 주머니에 넣고 다니는 악어는 얌전하고 튼튼하였다.
울퉁불퉁하고 딴딴한 가죽은 내용물들을 잘 지켜 줄 것 같았다.

한번 물면 놓아주지 않던 그 근성으로 돈을 물기도 했었다.

죽어 배고픔을 모르는 그가 아직도
넣어 주는 대로 돈을 물고 있는 것은 생전의 습관일까.

포악한 모습은 사라지고 까칠까칠한 그의 피부가
내 엉덩이를 찌른다.

때론 그가 내 손을 덥석 물 것 같은 불안에 휩싸여
그의 몸속으로 손을 잽싸게 넣어 이만 원을 꺼낸 적도 있었다.

그러나 이제는 하루에 몇 번씩 그 속으로 손을 넣고 뒤져도
늙은 그는 반항이 없다.

—「악어 지갑을 샀다」 부분

앞서 「이티」에서 살펴본 것처럼 내면적 자아와 일치되지 않는 모습으로 살아가는 일은 언젠가부터 도시에서 당연한 삶의 한 방식인 것처럼 받아들여져 왔다. 자본의 흐름을 따라 확장해 나가는 도시는 물리적 영역에만 한정되지 않고 개개인들의 구체적인 삶의 내면까지 종속적 관계로 편입시켜 가기 때문이다. 여기에서 시인은 이처럼 '자본'이라는 문제를 중심으로 자아가 분리되고, 또 분리된 두 자아의 모습 그대로 뒤섞인 채 살아가야 하는 도시적 삶의 모습을 '지갑'이라는 소재를 통해 보여 주고 있다.

'지갑'은 용도 그대로 "돈을 물고 있는" 속성을 보여 주

고 있다. 또 한편으로 그 안에 돈을 보관하는 '지갑'의 주인에게는 "내용물들을 잘 지켜 줄 것"과 같은 믿음을 제공한다. 나아가 '악어'의 가죽으로 만들어진 '지갑'은 마치 해당 동물의 "근성"을 그대로 발현함으로써, 소유자에게 그 안에 보관이 가능한 수준의 화폐를 넘어 무한대의 자산을 획득할 수 있다는 가능성이기도 하다. 일상에서 흔한 물건에 불과하지만 '지갑'으로서의 단순한 용도가 곧 부의 획득이라는 욕망의 상징과 겹쳐지고 있는 것이다.

이처럼 시인이 그리는 '지갑'이라는 속성을 통해서 우리는 자본을 좇는 도시의 삶이 수단과 목표조차 구별할 수 없을 정도로 착종된 상태였다는 사실을 알게 된다. 그간 '내'가 "악어 지갑"을 가지고 다니는 것이 결국 "악어 지갑"으로 상징되는 자본의 구조가 '나'를 이끌고 있는 상황과 구별하지 못한 채 지내 왔던 셈이다. 이는 '지갑'으로 상징되는 의미와 '내' 삶의 시간이 겹쳐지게 되면서 '지갑'이 "나의 증명"과 "나의 면허"를 관리하고 있었다는 우리 삶의 단면을 보여 주는 데로 귀결된다. 시간의 흐름에 따라 물건의 쓸모가 다하게 되는 것과 경제적 효용에 따라 사람의 가치와 용도가 결정되는 일이 자연스럽게 동일화되고 있었던 것이다.

노동 행위는 현실의 삶을 유지해 가는 데에 필수적이지만, 자본의 논리로 구조화된 산업 체계 속에서 노동 주체인 개인은 어쩔 수 없이 도구로 전락한다. 바타이유가 말했던 것처럼 아무것도 분리되지 않은 '내밀성'이 자아의 모

습 그 자체라고 한다면, 현실의 우리는 그것이 이미 불가
능해져 버린 사물들의 세계를 살아갈 수밖에 없게 된 것이
다. 살펴본 것처럼 이명우 시인은 이처럼 사물화된 자신의
모습을 직시한다. 스스로 분리된 자아의 목격자가 되는 일
은 물론 그 자체로 고통스러운 일이다. 하지만 그에게 이
같은 작업은 사물로 전락해 가는 현실의 노동에 맞설 수
있는 유일한 태도라고 할 수 있다.

**3.**

분리된 자아의 모습으로 살아갈 것을 강요하는 "이 도시
는 자기가 사는 도시가 아닌 것 같"을 수밖에 없음에도, 누
구나 그렇듯 시인 역시 '도시'를 벗어나기란 그리 쉬운 일
이 아니다. 특히 시집의 제목을 통해 자신의 사회적 정체
성을 분명히 하고 있는 것처럼 그에게 이 도시는 "피와 땀
으로 관리했던 건물"들이 즐비한 곳이며, 따라서 어쩔 수
없이 "이곳이 내가 사랑하는 거리"로 받아들이기 때문이
다.(「하루가 백내장에 들 때」) '관리소장'이라는 그의 직업은 이처
럼 도시를 가장 도시답게 유지하기 위한 목적과 직접 연관
되어 있다. 노동 행위를 통해 자신의 삶을 유지해야 하는
시인에게 도시를 '관리'해야 하는 일은 피할 수 없는 책무
인 것이다. "누워서도 일어서서도 나는 업무를 본다"는 고
백에서 알 수 있듯 시인은 이처럼 자신에게 주어진 일들을
피하지 않는다(「노예 계약」).

하지만 시집 『관리소장』에서 우리가 보다 주목해야 할

135

것은 개별적 인간으로서 겪는 특수한 경험의 시간과 그 흔적들을 되살려 내기 위해 애쓰고 있는 시인의 노력이다. 시간의 풍화나 인간 흔적의 개입이 최소화되는 것이 곧 도시 '관리'의 본질이라고 한다면, 이명우 시인은 그것과 정확히 반대되는 지점에서 또 다른 역할을 찾기 위해 분투하고 있는 것이다. 그리고 시인은 스스로에게 부여한 새로운 역할 역시 자신에 대한 관찰에서부터 시작한다.

나는 걸어서 출근한다.

뒤꿈치엔 얽히고설킨 길들이 칼자국처럼 들어차 있다. 나는 매일 그 길을 걷는다. 한 골목을 지나면 얼핏 막다른 골목이 나오고 그 골목을 돌아 나오면 또 막다른 골목이 나오기도 한다. 그렇게 한 골목을 겨우 빠져나와 교차로를 건너면 빨래방이 있고 약국이 있고 맥도날드가 있지만, 어디에도 내가 찾던 빨강 지붕의 집은 없다.

내가 헤맨 그 길들을 누구한테도 말할 수 없다.

세숫대야에 물을 가득 받아 놓고
두 발을 가지런히 모아 대야에 발을 넣는다.

발은 제집을 찾은 것처럼 조용하다.
따뜻한 물이 하루를 부드럽게 어루만져 준다.

물속에 있던 발의 모습이 드러난다.

부드럽고 순결하고 그러나 고단했을 그 길

껍질을 단단하게 붙여 놓은 뒤꿈치가 그 길을 말하고 있다.

발뒤꿈치에서 보이지 않는 풍경을 걸음들이 중심을 잡아

주고 있다.

칼이 고단한 그 걸음들을 깎아 낸다.

뒤꿈치를 한 겹 한 겹 벗겨 낼수록

제멋대로 그려진 나이테가 하나씩 나온다.

깎아도 깎아도 저 각질의 시간을 셀 수 없다.

―「각질의 힘」 전문

출근길에서부터 퇴근 후 집에 돌아오기까지를 시간적 배
경으로 하고 있는 이 작품은 하루의 일과를 걷는 것으로
표현하고 있다. 매일 같은 길을 걷는 정해진 일상임에도
불구하고 2연에서처럼 "한 골목을 지나면 얼핏 막다른 골
목"을 마주하게 되는 느낌은 보편적 공감을 주기에도 충
분하다. 하지만 모든 사람들이 서로 유사한 것으로 받아들
일 수 있을 만한 이 도심 속 일상의 시간은 사실 "누구한테
도 말할 수 없"을 내재적 경험으로 각 개인들에게 축적된
다. 그럼에도 우리가 그저 '일상'이라는 공통적 평가를 내

리게 되는 까닭은 바로 도시라는 공간의 강제성으로 인한 것이다. 불특정한 다수가 살아갈 수 있도록 만들어진 공간인 도시는 어디에든 "빨래방이 있고 약국이 있고 맥도날드가 있"는 것처럼 모든 것을 평균적이고 보편적인 형태로만 수용할 수 있도록 만들어 가기 때문이다.

이처럼 벗어날 수 없는 일상 속에서 시인의 시선은 자신의 "두 발", 보다 정확하게는 "발뒤꿈치"를 향한다. 이때 '발'은 걷는 것으로 비유된 일상을 지탱하는 데에 중요한 역할을 수행하는 한편, 일상적 시간의 뒤에 가려 "보이지 않는 풍경"을 고스란히 간직하고 있는 유일한 증거이기도 하다. 따라서 단순하고도 평범하게 반복되는 일상의 순간들에는 알 수도 없고 결코 "보이지 않는 풍경"들이 바로 '발뒤꿈치'에 고스란히 흔적을 남기게 된다. 말하자면 시인에게는 오직 "뒤꿈치가 그 길을 말하고 있"는 증거이며, 거기에 아로새겨진 흔적으로서 "각질의 힘"이 그것을 단적으로 보여 주고 있는 셈이다.

최근 인간이라는 범주와 영역에 대한 질문을 통해 그것을 벗어난 세계의 모습을 새롭게 재구성해 보기 위한 진지한 시도들이 진행되고 있다. 시노하라 마사타케는 이 같은 질문들에 대해 정리를 하면서 진실한 세계에 이르기 위한 중요한 단서로 모든 지나간 것들이 남긴 '흔적'을 강조한다. 살아 있는 모든 것들은 소멸의 운명을 피할 수 없지만, 그 과정에서 존재하는 모든 것들은 흔적을 남길 수밖에 없으며 바로 그 흔적이야말로 확실성의 유일한 표식이라는 것이다. 위 작품을 비롯해서 시집 『관리소장』을 통해 우리가 확인하고자 하는 것은 이와 깊이 연관되어 있다. 수많은 사람들이 살아가는 실제의 공간이지만 오히려 어떤 흔적도 허용하지 않는 도시의 '관리소장'으로 살아가는 시인이 역설적으로 이 같은 '흔적'에 주목하는 것은 결국 '도시인'이라는 존재의 조건들에 대한 질문과 마찬가지이다.

자신이 간직하거나 누군가한테 선물을 받거나
그 물품을 꺼내 놓을 때 그 상자는
즐거움이다.

새로 산 프린트를 꺼낸다.

내용물이 빠져나가는 소리에 놀란 입이
그대로 멈춰 있다.

뒤집힌 상자를 바라보면
경주에서 발견된 사각 무덤처럼
몇 천 년 동안 제자리를 지키고 있을 것 같다.

입이 열린 상자 하나가 방 안을 차지하고 있다.
빠져나온 자리는 누구도 채워 주지 않는다.

한번 뜨면 감을 줄 모르는 눈이

한번 벌리면 다물 줄 모르는 입이
거기 있다.

속이 텅 빈 채
시간은 멈춤을 모른다.

감을 줄 모르는 눈의
긴긴 이야기는 멈추지 않는다.

고요를 끈질기게 당기고 있는 저 놀이가
뜨겁다.

여기저기 먼지에 갇힌 입들이
풀릴 날만 기다리고 있다.

—「풀린 상자들」 전문


  이 작품은 시인이 도시 공간에 저항하는 흔적에 대해 주목하고 있음을 잘 보여 주고 있다. 먼저 시인은 모바일 환경의 발달로 소비가 우리 일상을 장악하게 된 현실에서 구매한 물건을 담고 있던 '상자'야말로 도시적 삶의 본질과 직접 결부되어 있는 것으로 파악한다. 상가나 주택가를 가리지 않고 길을 걷다 어디서든 흔히 마주치게 되는 빈 상자는 곧 24시간 멈추지 않는 인간의 욕망을 증언하고 있는 것이다. 물건을 구매하는 경험의 "즐거움"과 직접 연관되어 있던 '상자'는 그 순간이 지나고 나면 이제는 누구도 더 이상 신경 쓰지 않고 버려지는 것이 당연한 것처럼, 도시는 "속이 텅 빈" '상자'를 적극적으로 전시함으로써 우리의 욕망이 어느 곳에서도 멈춰 서지 않기를 바란다.

하지만 시인은 먼저 이 같은 욕망의 순환을 멈추고 "뒤집힌 상자를 바라보"고 있다. 그리고 "경주에서 발견된 사각무덤"이라는 시적 연상을 거쳐 마침내 비어 있는 '상자'에 담겨 있을 "긴긴 이야기"에 귀를 기울이기에 이른다. 이로 인해 우리는 누군가의 욕망이 클릭한 물건을 전달하기 위한 필요로 존재했던 '상자'에는 사실 도시의 이면에 존재하는 노동의 과정과 또 그에 종사하는 사람들의 수많은 사연이 담겨 있다는 사실을 받아들이게 된다.

도시의 기능이 문제없이 돌아가도록 만들지만 정작 그 뒤에 가려져 있던 '관리소장'으로서 이명우 시인이 독자에게 전달하려는 핵심은 바로 도시가 거부한 것들의 흔적과 깊이 연관되어 있다. 직장인으로서의 그는 다른 사람들의 "욕설을 넙죽넙죽 받아들"이거나(「욕설의 한 연구」), "변덕이 심한 날씨"처럼 시시때때로 바뀌는 "상사의 지시 사항"을 말없이 따를 수밖에 없다(「변곡점」). 수직적인 구조와 계약으로 맺어진 종속 관계를 통해서만이 자본은 축적될 수 있기 때문이다.

하지만 이 같은 생활인의 삶 가운데에서도 그는 자신을 포함해 도시의 이면에 존재하는 것들에 끊임없이 시선을 보내고 있다. 그의 시선을 따라가다 보면 "중앙박물관"에

141

있는 유물들처럼 현실에서의 쓸모는 이미 멈춘 채 "사용하지 않는" 것들을 만나게 된다(「각자 나이를 먹지 않는다」). 역사적인 가치에도 불구하고 이 유물들은 현실에서라면 결국 도시가 지정해 둔 공간을 벗어날 수 없는 운명에 갇혀 있을 뿐이다. 시인은 바로 이와 같은 것들에 시선을 던짐으로써 그 안에 켜켜이 쌓여 있던 삶의 흔적들을 복원하고 있는 중이다. 쓸모를 다하고 버려진 것들에 새겨져 있는 흔적을 더듬어 가는 시인은 도시의 소음 뒤로 감추어진 "잃어버린 소리를 찾아다니"는 것 또한 자신의 운명으로 받아들인다(「잠복기」). 「누가 저렇게 많은 소리를 허공에 매달아 놓았던가」나 「공황장애」, 「물의 길」 등 시집 『관리소장』에서 '소리'에 주목하고 있는 시인의 모습을 쉽게 찾아볼 수 있는 이유도 바로 여기에 있다. 이명우 시인을 따라 도시의 모습 뒤에 감추어진 흔적들을 따라가 보는 일이 매력적이라고는 할 수 없을 것 같다. 도시의 길을 따르며 살아가는 현대인들에게 그것은 무엇보다도 목표를 거부하며 에둘러가는 방법이기 때문이다. 다만 그 흔적을 남기며 살아갔던 사람들의 작은 숨결까지 구체적으로 확인하게 되는 일만은 피할 수 없을 것이다. 정해진 시간에는 이미 늦은 채, 도시의 길에서는 벗어난 채로 말이다.